SECRETS DE NOS OCÉANS

Charlotte Guillain
Lou Baker Smith

Kimane

Pour Rachel - C.G.

Pour ma famille. Vous êtes mon soleil, ma lune, mon océan et toutes mes étoiles. - L.B.S.

Kimane

72, rue Marguerite de Rochechouart – 75009 Paris

Première publication au Royaume-Uni en 2020
par words & pictures,
une marque du groupe Quarto
The Old Brewery, 6 Blundell Street,
Londres N7 9BH, Royaume-Uni

Titre original : *World of Wonder – The Deep Blue*

Consultant : Michael Bright
Directrice artistique : Susi Martin
Directrice créative : Malena Stojic

Adaptation : InTexte Édition, Toulouse
Traduction de l'anglais : Émilie Limouzin

ISBN : 978-2-36808-999-6

Dépôt légal : 2nd semestre 2022

Imprimé en Chine

*Conforme à la Loi n° 49-956 du 16 juillet 1949 sur les publications destinées
à la jeunesse, modifiée par la Loi n° 2011-525 du 17 mai 2011.*

FSC www.fsc.org MIXTE Papier issu de sources responsables FSC® C016973

Sommaire

Un monde d'eau

La Terre est surnommée la « Planète bleue » ! En effet, depuis l'espace, elle apparaît comme une boule bleue, car les océans représentent plus de 70 % de sa surface, de l'immense Pacifique aux plus petites mers. Les vagues qui déferlent sur les plages, les profondeurs sombres et silencieuses, ainsi que les eaux turquoise de nos océans fourmillent de vie. Une grande partie de l'océan reste encore à découvrir et à explorer.

Il existe cinq océans distincts : l'océan Pacifique, l'océan Atlantique, l'océan Indien, l'océan Austral et l'océan Arctique, mais ils constituent une seule et immense masse d'eau, car ils sont reliés entre eux par des courants qui les traversent tous. Ces courants sont responsables de la météorologie et permettent la vie dans les océans, car ils véhiculent des ressources de nourriture et de la chaleur tout autour du globe. Certains courants se déplacent seulement à la surface de l'eau, mais d'autres voyagent dans les grandes profondeurs.

Le Pacifique est l'océan le plus vaste et le plus profond. Il est plus grand que tous les continents et presque tous les autres océans réunis. Son nom signifie « paisible », mais ses eaux peuvent s'élever en vagues immenses et se déchaîner en terribles tempêtes.

La vie sur notre planète dépend des océans. Plus de la moitié de l'oxygène dont nous avons besoin pour vivre est produite par les végétaux qui poussent dans les mers. Ce monde d'eau est rempli de merveilles, mais il est aussi vital pour tous les êtres vivant sur Terre.

Le mouvement des marées

L'eau clapote et déferle sur la plage au clair de lune. Bientôt, le rivage disparaît sous l'eau, tandis que les vagues roulent tranquillement sur la côte. Au lever du jour, la mer s'est à nouveau retirée, laissant les galets brillants et les vasières luisantes sécher sous le soleil matinal. D'avant en arrière, d'arrière en avant, la mer est constamment en mouvement.

Sous l'influence de la Lune, l'eau des océans va et vient, créant le phénomène des marées deux fois par jour. La gravité de la Lune entraîne la mer de sorte qu'elle gonfle à marée haute, déplaçant l'eau vers le littoral. Lorsque la Terre tourne, l'attraction de la Lune devient moins forte sur certaines parties de l'océan et c'est alors la marée basse.

Lorsque la marée descend, les zones du fond marin qui sont normalement recouvertes par l'océan apparaissent, et de minuscules créatures restent dans des bassins peu profonds jusqu'à ce que les eaux remontent de nouveau sur les plages. D'avant en arrière, d'arrière en avant, les marées sont les battements du cœur de l'océan.

Dans les rochers

Sur le rivage rocheux, la marée est basse. La mer s'éloigne et des trous d'eau grouillant de vie se forment entre les rochers, créant un minuscule micro-monde où vivent une multitude de créatures.

Dans les eaux peu profondes, les êtres vivants doivent se protéger de la chaleur du soleil en été et des températures glaciales en hiver, mais aussi des oiseaux marins affamés.

Accrochées aux rochers, les anémones de mer se balancent, agitant leurs tentacules colorés dans l'eau. Elles ressemblent à des fleurs inoffensives, mais n'importe quel petit animal qui se laisse prendre par leurs tentacules est rapidement piqué et dévoré.

Le bernard-l'ermite se nourrit de plantes et d'animaux morts laissés par la marée. Il se déplace au fond de son trou d'eau et se retire dans sa coquille lorsque l'ombre d'un goéland plane au-dessus de lui.

Rampant sur les rochers sur ses cinq bras brillants, l'étoile de mer traque sa nourriture à l'odeur. Lorsqu'elle aperçoit une proie, elle pousse son estomac à l'extérieur de son corps pour avaler et digérer son repas avant de le rentrer.

Peu à peu, le bruit des vagues lointaines s'amplifie tandis que la marée commence à monter. Bientôt, le trou d'eau sera de nouveau submergé.

Des vagues fracassantes

Les vagues s'élancent et s'écrasent sur le rivage. Le ressac pulvérise une brume salée et le grondement se répète encore et encore. Les vagues naissent loin en mer, là où le vent fouette l'eau. L'énergie du vent se déplace à la surface de la mer, tourbillonnant et poussant l'eau vers le haut et vers le bas. Ce mouvement commence par une ondulation et se transforme en une vague qui gonfle et roule en direction de la côte. Lorsque l'océan devient moins profond, à proximité du rivage, les vagues se recourbent et s'écrasent en rugissant, heurtant le littoral avec fracas et déferlant sur la plage.

Là où le fleuve rencontre la mer

Au large des côtes du Brésil, l'océan Atlantique est taché de brun. L'immense fleuve Amazone se déverse ici dans l'océan, entraînant avec lui des tonnes de boue. L'eau douce du fleuve flottant au-dessus de l'eau de mer salée, le nuage brun et boueux s'étend sur plus d'un million de kilomètres carrés. Un sixième de toute l'eau douce de la planète se déverse dans l'Atlantique depuis l'Amazone.

En plus des sédiments boueux, l'eau du fleuve charrie des matières végétales et d'autres nutriments, un mélange riche qui nourrit de nombreuses créatures marines. Dans la mer, sous l'eau trouble du fleuve, le plancton s'épanouit. Au fond de l'eau s'étend un récif d'algues ressemblant à des rochers. De nombreux poissons, d'énormes éponges et d'autres créatures marines y vivent.

Un tourbillon

Sous la surface, les courants transportent de minuscules particules de nourriture dans l'océan. Lorsque le vent souffle le long du rivage, le courant remonte vers la surface, chargé de nutriments nécessaires au plancton microscopique. Lorsque le plancton prolifère, les poissons se rassemblent pour s'en régaler. Un banc de sardines scintillantes écume la surface de l'eau, mais elles ne sont pas les seules créatures affamées ici.

Bientôt, des poissons plus gros, des dauphins et des requins sont là ! Les sardines se rassemblent en une énorme boule tourbillonnante. La mer s'agite. À l'intérieur de la sphère dense, la plupart des sardines parviennent à éviter les prédateurs, gênés par leurs mouvements en spirale. Mais les sardines sont encerclées. Les oiseaux marins plongent et les capturent, tandis que les prédateurs de l'océan s'allient pour les attaquer de toutes parts. Combien de temps le banc tourbillonnant peut-il survivre ?

La forêt sous-marine

Une immense forêt pousse dans les eaux fraîches et peu profondes des côtes canadiennes. De vastes tours vertes et brunes s'élèvent du fond de l'océan et s'étalent à la surface ensoleillée. Il s'agit de varech géant, une sorte d'algue de très grande taille qui peut atteindre une hauteur de plus de 30 m. Le varech peut croître rapidement dans les eaux froides des côtes et grandit parfois de 45 cm par jour. Les forêts de varech couvrent un quart du littoral mondial.

Au fond de la mer, la base de chaque algue s'accroche aux rochers à l'aide d'un crampon ressemblant à une racine. Ces ancres tentaculaires servent de refuge à de petites créatures comme les vers, les escargots de mer et les ophiures. Les poissons y pondent aussi, à l'abri des prédateurs affamés.

Une forêt de tiges s'élève et se balance au rythme des marées et du courant. Toute la forêt danse au gré des mouvements de l'océan. Des bancs de poissons ondulent et se faufilent parmi les algues, tandis que des animaux plus grands, comme les otaries, s'y abritent pendant la tempête.

À la surface, les feuilles du varech s'étalent et se balancent, leurs lamelles remplies de gaz les maintenant à flot. Le varech visqueux s'étend sur des kilomètres en un immense tapis à la surface des eaux peu profondes pour absorber l'énergie des rayons du soleil et nourrir la faune de la forêt.

Une armée d'oursins

Une armée blindée se déplace sur les fonds marins. La forêt de varechs subit l'attaque des oursins violets et hérissés de piquants qui commencent à se rassembler. Le vaste troupeau affamé se nourrit de varechs, la bouche osseuse et acérée de ses individus arrachant les algues et les réduisant en lambeaux. Leurs dents sont constamment usées et remplacées au fur et à mesure qu'ils avancent. Les oursins envahissent la forêt, dévorant les robustes crampons et les algues qui offrent sécurité et abri à de nombreux êtres vivants. Dans quelques mois, la forêt de varechs sera complètement ravagée. Peut-on arrêter ces épineux destructeurs ?

Les gardiens de la forêt

Enveloppée dans des brins de varech visqueux, une loutre de mer somnole au soleil. Son épaisse fourrure capte la chaleur pendant son sommeil. Une autre loutre de mer a faim. Plouf ! Elle plonge et, alors que son corps fuselé s'élance vers le fond, elle repère sa proie piquante au milieu des varechs. Elle attrape un oursin et une pierre, puis remonte rapidement à la surface. Elle flotte maintenant sur le dos, tenant la pierre sur son ventre. Vlan ! Elle frappe l'oursin contre la pierre pour le briser avant de le dévorer. Les forêts de varechs offrent aux loutres un endroit sûr pour vivre et, en retour, ces dernières empêchent les oursins de détruire leur abri d'algues.

Des arbres dans l'océan

Dans les eaux plus chaudes des côtes tropicales, comme celles qui entourent l'Indonésie, des arbres sortent de la mer. De magiques forêts de palétuviers, aux racines immergées dans l'eau de mer lorsque la marée est haute, bordent les rivages sur des centaines de milliers de kilomètres.

Comment les palétuviers survivent-ils dans l'eau salée ? Ces arbres robustes aux racines enchevêtrées peuvent éliminer le sel grâce à leurs feuilles ou l'empêcher de pénétrer dans leurs racines.

Les racines tentaculaires des palétuviers s'enroulent et se courbent au-dessus du fond marin. Lorsque la marée est haute, ces racines offrent aux jeunes poissons et autres créatures un endroit sûr où se nourrir et se cacher des prédateurs pendant leur croissance.

Les structures que composent les racines tordues et entrelacées contribuent également à préserver le littoral en empêchant la marée d'entraîner la terre loin du rivage. En cas de tempête ou de fortes vagues, la barrière de palétuviers ralentit le mouvement de l'eau et contribue à empêcher l'érosion de la terre.

Les graines d'un palétuvier commencent à se développer alors qu'elles sont encore sur l'arbre. Lorsque le moment est venu, elles tombent dans l'océan et flottent jusqu'à ce qu'elles rencontrent un nouveau rivage où elles s'enracinent, permettant qu'une nouvelle forêt de palétuviers se développe.

De gracieux brouteurs

Au large de la Floride, aux États-Unis, une mère et son petit se déplacent paresseusement dans la mangrove. Leurs corps volumineux évoluent lentement et gracieusement dans l'eau chaude et peu profonde, tandis que la mère cherche des végétaux à manger. Ces douces créatures grises sont des lamantins. Au bout de quelques minutes, ils sortent leur museau de l'eau pour respirer avant de s'enfoncer de nouveau dans l'eau en silence.

Lorsque la marée est haute, les mangroves offrent une réserve de nourriture à la mère, dont le bébé se nourrit encore de son lait. Elle bat de sa queue en éventail et se traîne à l'aide de ses nageoires sur le fond marin de ce rivage abrité à la recherche de son prochain repas. Les lamantins se nourrissent d'algues, de mauvaises herbes et d'herbes marines qui poussent dans les prairies sous-marines près des racines des palétuviers. Ils sortent de l'eau pour grignoter leurs feuilles. Se nourrir les occupe jusqu'à huit heures par jour. Ensuite, ils se reposent à l'abri des palétuviers, sans jamais quitter leur petit.

La prairie sous-marine

Au large de l'Australie, une prairie verte s'étend sur les fonds marins des eaux turquoise et peu profondes. Ce tapis d'herbes marines fournit de la nourriture et un abri à une multitude d'êtres vivants. L'herbe marine n'est pas une algue, comme le varech. Cette plante a des racines, des tiges et des feuilles, et elle fleurit. Poussant dans les eaux chaudes peu profondes, elle profite de la lumière du soleil qui lui permet de produire de l'énergie et de l'oxygène. Elle contribue à maintenir la mer en bonne santé. Là où l'herbe marine pousse, l'eau est plus propre. Elle peut également absorber et stocker 35 fois plus de dioxyde de carbone qu'une zone de forêt tropicale de la même taille.

De l'herbe pour les tortues

La tortue verte parcourt de très longues distances lorsqu'elle migre à travers l'océan. Au cours de son voyage, elle apprécie particulièrement la prairie sous-marine, qui lui offre un festin de plantes dans les eaux peu profondes. Lorsque la marée est basse, la tortue peut brouter en toute sécurité, mangeant parfois deux kilos d'herbe par jour. Elle tranche facilement l'extrémité des brins avec son bec corné tranchant. Croquer ainsi les tiges des plantes les aide à se développer, mais lorsque la marée monte et que l'eau devient plus profonde, la tortue doit se méfier des requins et autres prédateurs. Il est alors temps pour elle de s'en aller.

L'incroyable polype de corail

Non loin du rivage des Caraïbes, dans un océan chaud et peu profond, un étrange animal se nourrit. Cette curieuse petite créature est un polype de corail. C'était une minuscule larve lorsqu'il a flotté jusque-là. Devenu adulte, il ne bougera plus jamais. Le polype qui était mou a construit son solide squelette en captant les produits chimiques naturels de l'eau de mer. Le polype a choisi de s'installer dans cette partie limpide et ensoleillée de l'océan pour pouvoir se nourrir. Lorsque les rayons du soleil réchauffent l'eau, les algues microscopiques et colorées qui vivent à l'intérieur du polype utilisent la lumière du soleil pour fabriquer de la nourriture. Mais pourquoi les tentacules brillants du polype ondulent-ils dans l'eau ? La nuit venue, lorsque la lumière du soleil a disparu, il tend ses bras venimeux pour capturer le plancton dans l'eau et le dévorer. Un seul polype de corail peut se diviser et se reproduire des milliers de fois, formant ainsi un récif immense et spectaculaire.

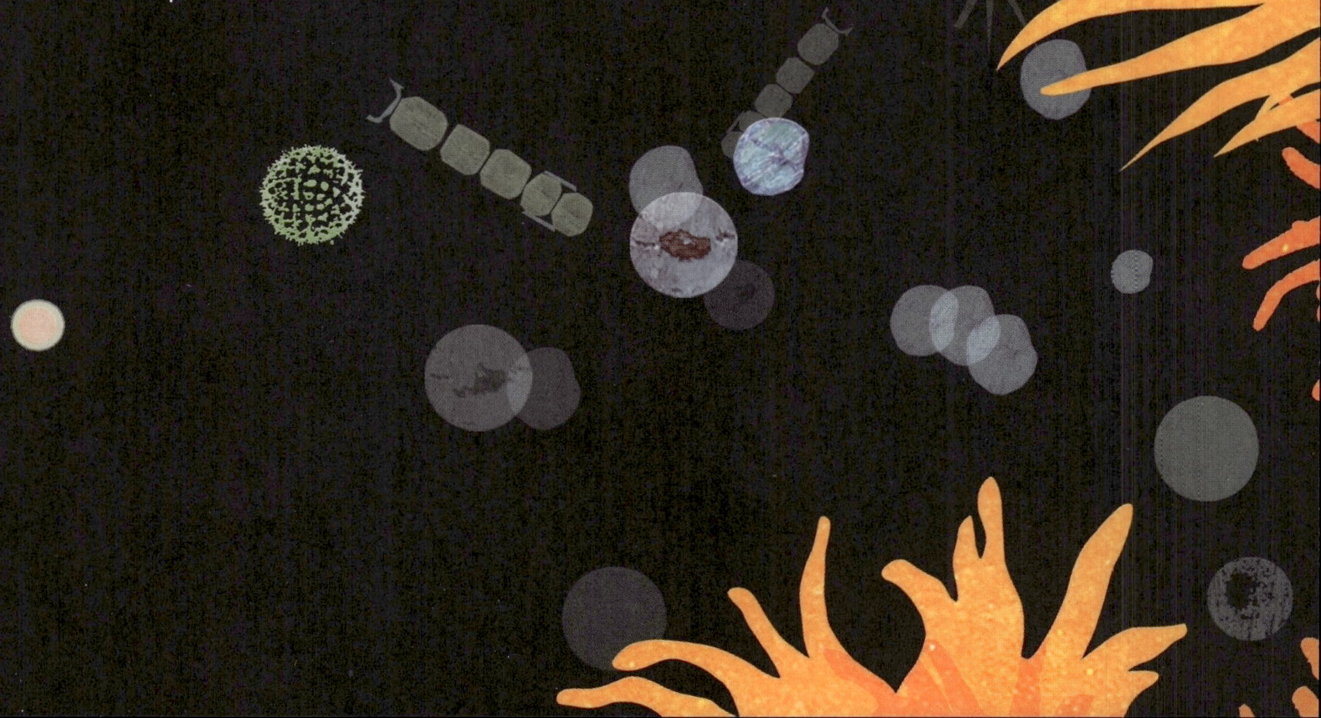

La vie du récif

Au large des côtes du nord-est de l'Australie, une merveille vivante s'étend sur plus de 2 000 kilomètres. Une immense étendue de récifs coralliens et d'îles constitue la Grande Barrière de corail, la plus grande structure vivante sur Terre. Des milliers d'espèces différentes ont élu domicile dans le monde vibrant des coraux multicolores.

Des bancs de petits poissons aux couleurs vives ondulent dans l'eau baignée de soleil. D'éblouissants poissons-anges grignotent le corail et foncent se cacher dès que l'ombre d'un requin plane au-dessus de leur tête.

Un poisson-clown rayé d'orange trouve refuge dans les tentacules urticants d'une anémone de mer. La substance gluante qui enduit son corps le protège de la piqûre toxique de l'anémone. Ici, les prédateurs n'oseront jamais s'approcher de lui.

Un minuscule hippocampe se faufile dans l'eau peu profonde, propulsé par sa nageoire délicate qui bat la chamade. Il utilise sa queue recourbée pour s'agripper au corail et s'ancrer en toute sécurité dans le récif.

Qui s'échappe d'une crevasse profonde du récif ? Un poulpe à anneaux bleus est à l'affût. Il est camouflé et attend sa proie mais, s'il est menacé, il devient jaune vif et ses anneaux bleus se mettent à clignoter. Ce poulpe fascinant est l'une des créatures les plus venimeuses de l'océan.

Un lagon bleu

Dans les eaux chaudes de l'océan Indien, un récif circulaire se cache derrière le fracas et la houle des hautes vagues. C'est un atoll, bordé d'une mer bleu pastel et d'un lagon au centre bleu profond. L'atoll s'est formé lorsqu'un volcan sous-marin est entré en éruption, il y a longtemps. La lave s'est accumulée au fond de l'océan, formant une île isolée appelée « mont sous-marin ». Au fil du temps, des polypes coralliens se sont installés autour du sommet de l'île, juste sous la surface des eaux ensoleillées et se sont étendus jusqu'à créer un récif circulaire. Puis, au fil de millions d'années, le mont sous-marin s'est enfoncé sous les vagues pour laisser place à un lagon calme au milieu du récif. L'atoll et le lagon abritent de nombreux poissons et autres créatures marines. Les dauphins, les tortues, les raies et les requins visitent tous cette oasis océanique pour se nourrir et se reposer.

Danger ?

Le corail n'est pas en sécurité. Un escadron d'acanthasters pourpres, une espèce d'étoiles de mer qu'on appelle aussi « couronne d'épines », saccage un récif dans le sud de l'océan Pacifique. Il dévore le corail et détruit tout sur son passage. Comment arrêter ces prédateurs venimeux avec leurs redoutables épines et leur énorme appétit ? Heureusement, le récif a un défenseur déterminé. Le minuscule crabe gardien du corail, *Trapezia flavopunctata*, a élu domicile sur le récif où il peut se nourrir à l'abri des prédateurs. Il se bat pour préserver son habitat. Lorsque son sanctuaire est menacé, le crabe rouge pince et mordille les pieds tubulaires des acanthasters pourpres pour les faire fuir. Cette sentinelle effrontée utilise également ses pinces pour empêcher les escargots mangeurs de corail d'endommager son habitat.

Un récif décoloré

Les récifs de l'océan sont confrontés à une menace encore plus terrible. Le climat de la Terre se réchauffant, la température de l'eau de la mer s'élève. Lorsqu'elle augmente trop autour d'un récif, les algues qui vivent dans chaque polype quittent le corail. Les algues donnent au corail ses couleurs vives et lui fournissent de la nourriture. Sans elles, le corail ne peut plus se nourrir et pâlit. Le récif blanchit et la vie s'en va. Ce paradis, grouillant de vie autrefois, ne montre plus que des squelettes nus sur le fond de l'océan.

Le vaste océan

À l'horizon, les ondulations bleues de l'océan s'étendent dans toutes les directions. Aucune terre ni aucune vie ne sont visibles, seulement le mouvement des vagues. Cette immense étendue d'eau, également connue sous le nom de zone pélagique, couvre plus de la moitié de la surface de la Terre.

La lumière du soleil fait scintiller l'eau et seul le bruit du vent qui fouette les embruns fait bruisser l'air. Mais une ombre surgit des profondeurs. Un son étrange et profond vibre sous la surface. Une forme longue et effilée se glisse dans l'eau, puis une colossale baleine bleue surgit à la surface. La plus grande créature de la planète bondit hors de l'eau, bat des nageoires et se tortille dans les airs. Puis elle s'écrase dans l'eau avec un plouf gargantuesque ! Remontant à la surface pour respirer, ce géant marin se fraye un chemin gracieusement dans la mer, projetant des embruns dans le ciel depuis son évent.

Soudain, la baleine bleue plonge, inclinant sa large queue au-dessus des vagues avant de disparaître. Elle glisse vers des eaux plus profondes, ne revenant à la surface que pour se nourrir de krill et respirer. L'océan est de nouveau calme.

Houle et tempête

Une tempête rugit dans les cieux au-dessus de l'océan. Les eaux, jusqu'alors calmes et chaudes, s'agitent et se brisent, tandis que d'énormes nuages s'amoncellent. L'air chaud et humide qui s'est élevé de la surface de l'océan est remplacé par de l'air froid et sec. Il tourne et tourbillonne. Le vent fouette les vagues, provoquant une houle immense pouvant atteindre 30 m de haut. Un ouragan traverse maintenant l'océan, se tordant et tournoyant tandis que la mer sombre déferle et que des pluies torrentielles s'abattent sur la surface. Le vent hurle. L'océan s'agite. Mais le cyclone tropical se dirige vers la terre, laissant enfin l'océan s'apaiser et le soleil percer à travers les nuages.

L'hirondelle de mer

Loin de la terre, au-dessus de l'océan Austral, un petit oiseau est en chemin depuis l'Arctique pour rejoindre l'Antarctique. La sterne arctique voyage depuis deux mois, plongeant par moments vers la mer, bec en avant, pour capturer des poissons. La minuscule sterne est si légère qu'elle peut glisser sur le vent et même dormir en survolant l'océan. Cette hirondelle de mer à tête noire suit l'été de l'hémisphère Nord à l'hémisphère Sud, où les saisons sont inversées. Elle se dirige vers l'Antarctique pour profiter des longues journées ensoleillées, avant de retourner dans l'Arctique au printemps pour se nourrir et se reproduire.

Floraison dans l'océan

Des nuages verts tourbillonnent dans le bleu de l'océan. Le phytoplancton prospère dans les eaux de surface. Il est constitué de minuscules végétaux, mais de très nombreuses formes de vie dans la chaîne alimentaire de l'océan dépendent de lui.

L'ensemble du phytoplancton microscopique comprend une grande quantité de plantes simples appelées « algues ». Elles flottent dans l'eau inondée de lumière à la surface de l'océan pour absorber les rayons du soleil et créer de l'énergie. Comme les plantes terrestres, elles produisent de l'oxygène et stockent le dioxyde de carbone, dont une grande partie tombe au fond de l'océan.

Lorsque la mer reçoit la bonne quantité de lumière du soleil et que les courants remontent les nutriments des eaux plus profondes, le phytoplancton se développe. Et là où le phytoplancton prospère, d'autres formes de vie peuvent en faire autant. De minuscules créatures ressemblant à des crevettes, comme le krill, absorbent les nuages d'algues et attirent à leur tour d'immenses bancs de petits poissons affamés qui sont ensuite dévorés par de plus grands prédateurs. Requins, dauphins et baleines viennent tous se joindre au festin.

Quand la nuit tombe, des millions de minuscules étoiles semblent briller dans le noir de l'océan. Les éléments chimiques contenus dans le phytoplancton réagissent et produisent une lumière bioluminescente qui scintille sur les vagues sombres. Ces minuscules points d'algues remplissent la mer de vie et de lumière.

Un essaim urticant

En plein cœur de l'océan, une foule de créatures urticantes est portée par le courant. De délicates masses gélatineuses se balancent dans la mer, leurs longs tentacules ondulant derrière elles. Cette floraison de méduses suivant à la trace les nuages de plancton peut s'étendre sur des kilomètres carrés.

Translucides, les méduses peuvent être de couleurs vives ou presque transparentes. La nuit venue, l'océan noircit et certaines d'entre elles s'illuminent. Leurs corps bioluminescents oscillent dans l'eau comme d'étranges extraterrestres lumineux.

Les méduses dérivent dans nos océans depuis des millions d'années, se nourrissant de minuscules organismes marins. Elles peuvent rapidement grandir ou rétrécir en fonction de la quantité de nourriture disponible et restent en groupe pour pouvoir se reproduire facilement.

Sans os, ni sang, ni cerveau, les méduses sont principalement constituées d'eau. Elles contractent leur corps caoutchouteux en forme de dôme pour se propulser. Leurs tentacules pendants s'enchevêtrent et paralysent leurs proies grâce à du venin. Elles ouvrent ensuite la bouche et digèrent leur repas, avant de rejeter les déchets, puis de s'éloigner avec le courant.

Un océan de plastique

Un autre grand essaim flotte dans l'océan ! Quelles sont ces créatures rassemblées pour former cette énorme tache de couleur ? Est-elle constituée de plantes ou d'animaux ? Ni l'un, ni l'autre ! C'est le vortex de déchets du Pacifique Nord, une immense zone de l'océan recouverte de déchets plastiques. Des millions de tonnes de plastique flottent dans tous les océans et les courants les rassemblent en d'immenses plaques, qui dérivent en une nappe mortelle. Les oiseaux marins se

prennent dans le plastique et ne peuvent plus voler. Les tortues confondent les sacs en plastique flottants avec des méduses et les avalent. L'estomac des baleines se remplit de plastique. Il pourrait se passer des centaines d'années avant que le plastique ne soit usé par le soleil et réduit en de minuscules particules. Et même à ce moment-là, ces particules resteront à flot dans l'océan, s'intégrant à la chaîne alimentaire et nuisant à de nombreuses créatures. Dans un océan plein de vie, la mer de plastique n'a pas sa place !

Tout au fond de l'océan

Plonge sous la surface des eaux ensoleillées et découvre le monde obscur et froid des profondeurs océaniques. Ici, loin de la lumière du soleil dont elles ont besoin pour produire de l'énergie, il n'y a pas de plantes. Les animaux végétariens qui vivent dans les profondeurs de l'océan ne peuvent se nourrir que des particules qui tombent des couches supérieures de la mer. La vie est très différente dans le monde froid et sombre des profondeurs.

À 200 mètres sous la surface, la zone crépusculaire commence. Seule une faible lumière se laisse entrevoir. Si l'on descend encore, la zone bathypélagique commence, à 1000 mètres sous la surface de l'océan. Ici, la mer est aussi sombre que la nuit la plus noire.

Au fond de l'océan, la température de l'eau est extrêmement basse et la pression générée par l'énorme quantité d'eau est exceptionnellement élevée. Il semble impossible que quoi que ce soit survive dans ces zones les plus sombres et les plus profondes de l'océan. Et pourtant, les profondeurs de l'océan constituent le plus grand habitat de la planète et abritent une vie très riche. D'étranges créatures qui se sont adaptées à ces conditions extrêmes prospèrent dans des endroits que les humains ont à peine explorés.

La zone crépusculaire

À 200 mètres de profondeur, d'étranges créatures se cachent dans les eaux troubles de la zone crépusculaire. Comment les habitants de ce monde obscur trouvent-ils leur nourriture alors que la lumière du soleil pénètre à peine ? Pour beaucoup, la réponse est de fabriquer leur propre lumière. Le corps bioluminescent du poisson-lanterne s'illumine de bleu-vert grâce à une réaction chimique. Cette étrange lueur attire des poissons plus petits qui deviennent rapidement son prochain repas.

D'autres créatures produisent un étonnant flash de lumière colorée pour effrayer leurs prédateurs. Certaines d'entre elles produisent des points lumineux qui permettent d'estomper la silhouette de leur corps et de tromper les chasseurs affamés. Briller dans l'obscurité est aussi, pour ces individus, l'un des seuls moyens pour attirer un partenaire et se reproduire. Il y a peut-être plus de vie dans l'effrayante zone crépusculaire que partout ailleurs dans l'océan et presque toutes les créatures s'illuminent.

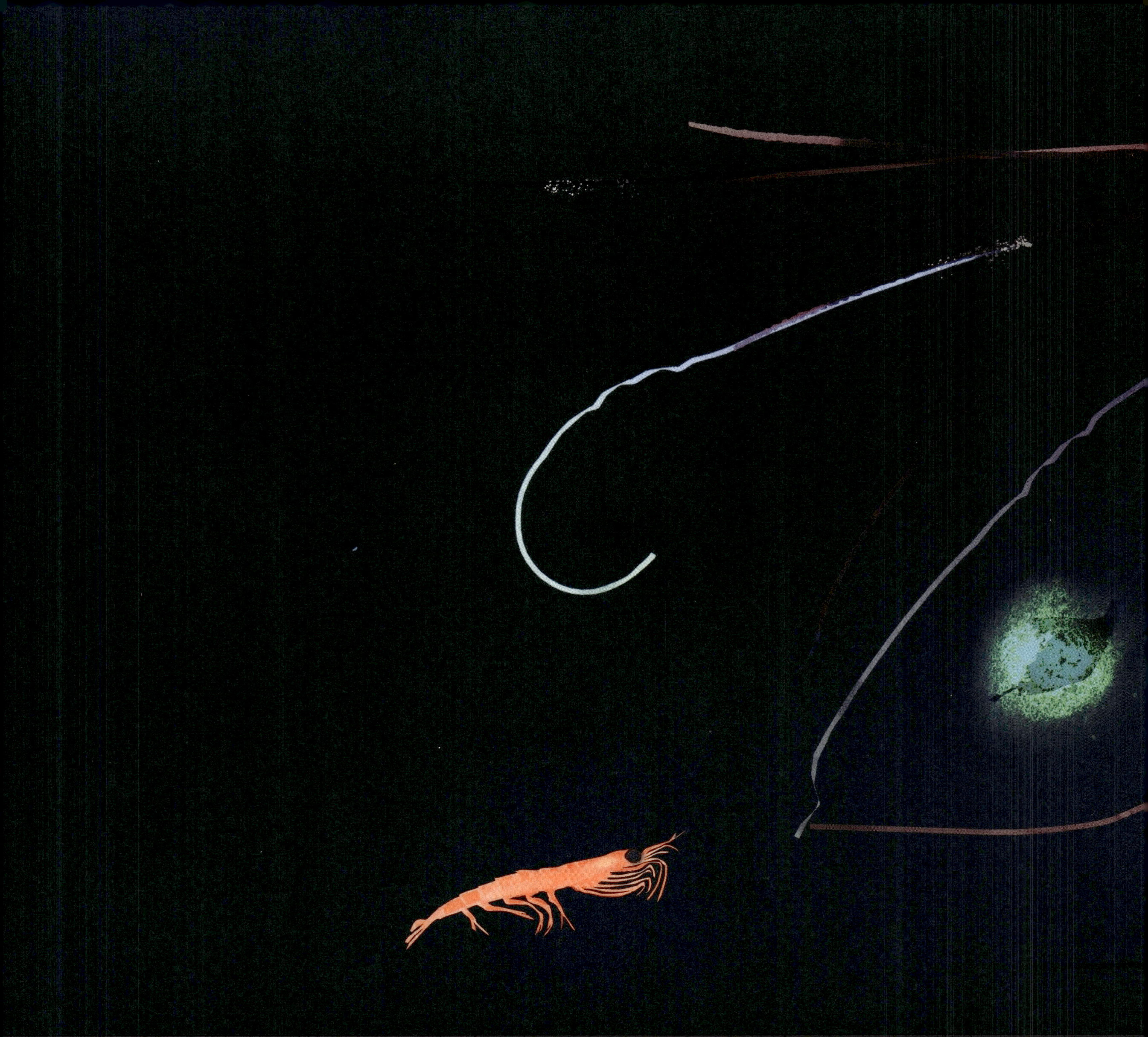

La zone bathypélagique

La zone bathypélagique… un monde de noirceur absolue où la température dépasse à peine 0 °C. Pourtant, poissons, méduses, mollusques et crustacés survivent dans cette obscurité glaciale. Une créature terrifiante surgit de l'étendue noire. Une baudroie velue est en chasse. Ses larges mâchoires béantes, pleines de dents épineuses, sont ouvertes, menaçantes. Ses longues antennes semblables à des cheveux flottent sur son corps rouge foncé, elle est à l'affût du moindre mouvement d'une proie inattentive.

Ses deux énormes yeux immobiles fixent l'obscurité, éclairée seulement par le leurre lumineux qui sort de sa tête comme une canne à pêche. Une crevette nage vers la tache lumineuse qu'elle fait vibrer dans l'obscurité. Est-ce de la nourriture ? La baudroie velue frappe quand elle sent que sa proie est proche. Son estomac peut se dilater pour faire de la place pour un gros repas, qui lui donnera l'énergie dont elle aura besoin jusqu'à ce qu'elle retourne guetter dans l'obscurité.

Cheminées en eaux profondes

De hautes cheminées s'élèvent du fond de l'océan Pacifique, crachant des nuages bouillants. Ces cheminées hydrothermales sont un repaire de vie dans le froid et l'obscurité des profondeurs.

Les cheminées volcaniques sont des sources sous-marines chaudes créées par la fonte de la roche sous le plancher océanique. L'eau s'infiltre dans les fissures de la roche volcanique au fond de la mer, puis elle est chauffée par le magma en fusion situé en dessous. L'eau jaillit ensuite, transportant avec elle des particules de minéraux dissous. Ces minéraux durcissent dans l'eau froide et s'empilent pour former de hautes cheminées.

Les jets de fluide jaillissant du sommet de ces cheminées peuvent atteindre 400 °C, mais sont instantanément refroidis par l'eau glaciale des profondeurs. Les cheminées libèrent également des produits chimiques naturels qui nourrissent des bactéries microscopiques, lesquelles fournissent à leur tour de la nourriture aux centaines d'espèces qui peuvent vivre dans la chaleur intense entourant les cheminées. Les vers rouge vif qui vivent dans les tubes fixés aux cheminées tirent leur énergie des bactéries, comme les crevettes, les crabes, les poissons, les moules et de nombreuses autres créatures. De multiples formes de vie se sont adaptées pour survivre dans cette zone de tous les extrêmes de l'océan.

Dans les abysses

À environ quatre kilomètres sous la surface, l'océan s'enfonce dans les profondeurs de l'abîme. Jusque-là, le fond de l'océan faisait partie du plateau continental, c'est-à-dire du sol qui descend sous l'océan à partir des côtes des continents. Mais à cette profondeur, le fond marin s'abaisse jusqu'à devenir la plaine abyssale. Ici, le fond de l'océan est plat et l'eau est si froide qu'elle atteint presque le point de congélation. On y trouve très peu de vie, à l'exception de quelques créatures sans os, comme les calamars ou les étoiles de mer. À cet endroit, la boue peut avoir une épaisseur de plus d'un kilomètre et demi. Des tranchées profondes s'étendent sur des centaines de kilomètres, creusant des entailles à travers le fond de l'océan. La fosse des Mariannes, dans l'océan Pacifique, est la plus profonde, elle s'enfonce à plus de 11 km de profondeur. Qui sait quels secrets recèle ce monde sous-marin ?

Montagnes de l'océan

Au milieu de la plaine abyssale, des crêtes rocheuses s'élèvent du fond de l'océan. Ces montagnes sous-marines s'étendent sur des milliers de kilomètres à travers les fonds marins. Ce sont les plus longues chaînes de montagnes de la planète. Ces dorsales médio-océaniques se sont formées là où deux énormes plaques de roches flottent l'une à côté de l'autre sur le manteau terrestre. Le manteau est une couche de magma qui se trouve sous la surface de la Terre. Lorsque deux plaques de roche du manteau se rencontrent, elles peuvent pousser l'une contre l'autre ou s'écarter. Lorsqu'un espace apparaît, le magma en fusion jaillit du manteau, soulevant la roche au fond de l'océan. Ce phénomène a créé des crêtes et des vallées, et certaines chaînes de montagnes immenses s'élèvent à plus de 3 km du fond de l'océan.

Éruption extrême

Il y a le feu au fond de l'océan Pacifique. Un volcan sous-marin est en éruption là où deux plaques de roche se percutent. La lave rougeoyante jaillit par des fissures dans le fond marin et explose dans l'eau froide de la mer. La pression de l'eau à cette profondeur est énorme, repoussant la lave vers le bas dès qu'elle émerge dans l'océan. La lave ardente s'écoule et se replie sur elle-même. Elle se solidifie en formes lisses, sombres et vitreuses. Lorsqu'elle rencontre l'eau glacée de l'océan, des nuages de vapeur se forment si rapidement qu'ils peuvent briser la roche qui les entoure. Pendant des milliers d'années, les éruptions se sont multipliées, créant des piles de roche volcanique appelées « monts sous-marins ». La plupart des éruptions volcaniques de la planète se produisent dans les profondeurs de l'océan, ni vues ni connues.

L'océan gelé

Loin de la lave brûlante, l'océan gelé est un monde de glace. Des géants de glace blanc bleuté flottent dans l'eau glacée. Ces icebergs dérivent dans les océans Arctique et Austral, posés à la surface des mers polaires. Ces rochers gelés sont d'énormes morceaux de glace d'eau douce qui se sont détachés du littoral. Les icebergs grincent et s'effondrent en se détachant d'un glacier avant de s'éloigner, portés par le vent et les courants océaniques. La majeure partie d'un iceberg est sous la surface de l'eau, seule la pointe reste visible. Pendant les chauds mois d'été, ces gros morceaux de glace flottent librement. Ils peuvent basculer et se renverser sans prévenir en fondant, créant d'énormes vagues autour d'eux. En hiver, les icebergs s'immobilisent, pris dans l'eau gelée qui les entoure.

Incroyable krill

Une masse de créatures se rassemble dans l'océan Austral. De minuscules crustacés roses s'agglutinent en nuages sous la glace, dans le plus grand rassemblement de toutes les espèces de la planète. Les essaims tourbillonnants colorent la surface de la mer d'un rose teinté de rouge.

Les crustacés composant le krill ont de grands yeux noirs, un corps translucide et de nombreuses pattes. Dans l'obscurité de la nuit, ils peuvent briller d'une lumière bioluminescente, éclairant l'océan glacé. Ils évoluent dans les profondeurs de la mer pendant la journée, mais migrent vers la surface la nuit pour se nourrir. Loin de la sécurité des eaux profondes, ils doivent essayer d'éviter les hordes de prédateurs affamés qui sont eux aussi à la recherche d'un bon repas.

De nombreuses créatures marines, des poissons, des manchots, des phoques et même le plus grand animal de la planète, la baleine bleue, se nourrissent de krill. Chacun de ces animaux peut manger des milliers de petits crustacés d'un seul coup.

En hiver, quand la surface de l'océan est gelée, le krill survit en se nourrissant des algues qui poussent sous la glace. Pendant ces sombres mois d'hiver, il peut rétrécir en taille pour économiser de l'énergie. Au printemps, la glace commence à fondre et la lumière du soleil réchauffe les eaux de surface. Le phytoplancton peut alors se développer pleinement, offrant un festin au krill, qui grouille à nouveau par millions.

La licorne des mers

La licorne des mers émerge à travers la glace de l'océan Arctique, brandissant une épée vers le ciel. Le narval est une baleine à dents. Le mâle est doté d'une défense en forme de lance au bout de sa mâchoire supérieure. Cette défense est une dent extrêmement longue qui peut détecter les changements et les mouvements dans l'océan glacé. Les narvals passent l'hiver sous la glace de l'Arctique, chassant en groupe et se nourrissant de poissons, de crevettes et de calamars. Comme tous les mammifères, ils ont besoin de respirer de l'air. Ils sortent donc par les fissures de la glace pour respirer, avant de replonger dans les profondeurs pour se nourrir.

Le poisson antigel

Dans les eaux glaciales de l'océan Austral, pourquoi les poissons ne gèlent pas avec des températures extrêmes ? Les poissons des glaces ont une solution étonnante. Certains se sont adaptés pour produire des protéines antigel qui empêchent les cristaux de glace de se développer et de se répandre dans leur corps. En se fixant aux cristaux de glace qui se forment à l'intérieur du poisson à des températures extrêmes, ces protéines les empêchent d'endommager leur organisme. La calandre antarctique pond des œufs qui flottent à la surface juste sous la glace. Là, ils sont à l'abri de la plupart des prédateurs et sont maintenus à une température à laquelle les jeunes poissons peuvent se développer.

Gel et dégel

Aux deux pôles, les océans gèlent en hiver. Lorsque le soleil disparaît pendant des mois et que les températures chutent, la glace se forme à la surface des océans Arctique et Austral. Au retour de l'été, la glace se retire. L'hiver et l'été, l'expansion et le retrait… il en est ainsi depuis des milliers d'années.

Cette mer qui gèle et dégèle est vitale pour la vie dans les océans. Elle empêche les côtes de l'Arctique et de l'Antarctique d'être rongées par le vent et les vagues. Les prédateurs, comme l'ours blanc, parcourent des kilomètres sur la glace pendant l'hiver à la recherche de proies. D'autres animaux, comme les morses et les manchots, peuvent se reposer sur la glace entre deux chasses. En été, lorsque la glace fond, les nutriments gelés dans l'eau de mer sont à nouveau libérés dans l'océan, favorisant la croissance du plancton. Sans la glace, ces créatures ne peuvent pas survivre.

Mais aujourd'hui, alors que la planète se réchauffe, la zone de l'océan qui gèle en hiver est réduite et fond plus vite qu'auparavant. Sans la glace blanche pour réfléchir les rayons du soleil loin des pôles, les océans se réchauffent encore plus, ce qui signifie que la quantité d'eau suffisamment froide pour geler est de moins en moins grande. L'amincissement et la diminution de la glace affectent le climat sur toute la planète. Ce changement peut bouleverser la vie dans nos océans.

Protégeons nos océans

Cher lecteur, chère lectrice,

J'ai grandi au bord de la mer du Nord, avec ses tempêtes hivernales et ses vagues bleues étincelantes en été. Plus tard, j'ai vécu sur une île dans les eaux chaudes et turquoise de l'océan Indien. J'ai observé les vagues de l'Atlantique se briser sur le rivage et écouté le grondement de l'océan Pacifique. J'ai toujours été fascinée par la mer, avec ses couleurs et ses sons toujours changeants et la richesse de la vie qu'elle abrite.

La plus grande partie de notre planète est recouverte par les océans, mais elle est en difficulté. Avec le réchauffement climatique, la quantité de glace se réduit dans l'Arctique et l'océan Austral. Cela affecte de très nombreux animaux sauvages et rend le climat encore plus chaud. Ailleurs, l'eau qui se réchauffe détruit les récifs coralliens et tous les êtres vivants qui y vivent. Les plastiques rejetés par les humains dérivent vers la mer et tuent les animaux, tandis que la pollution contamine les océans. Les plantes et les

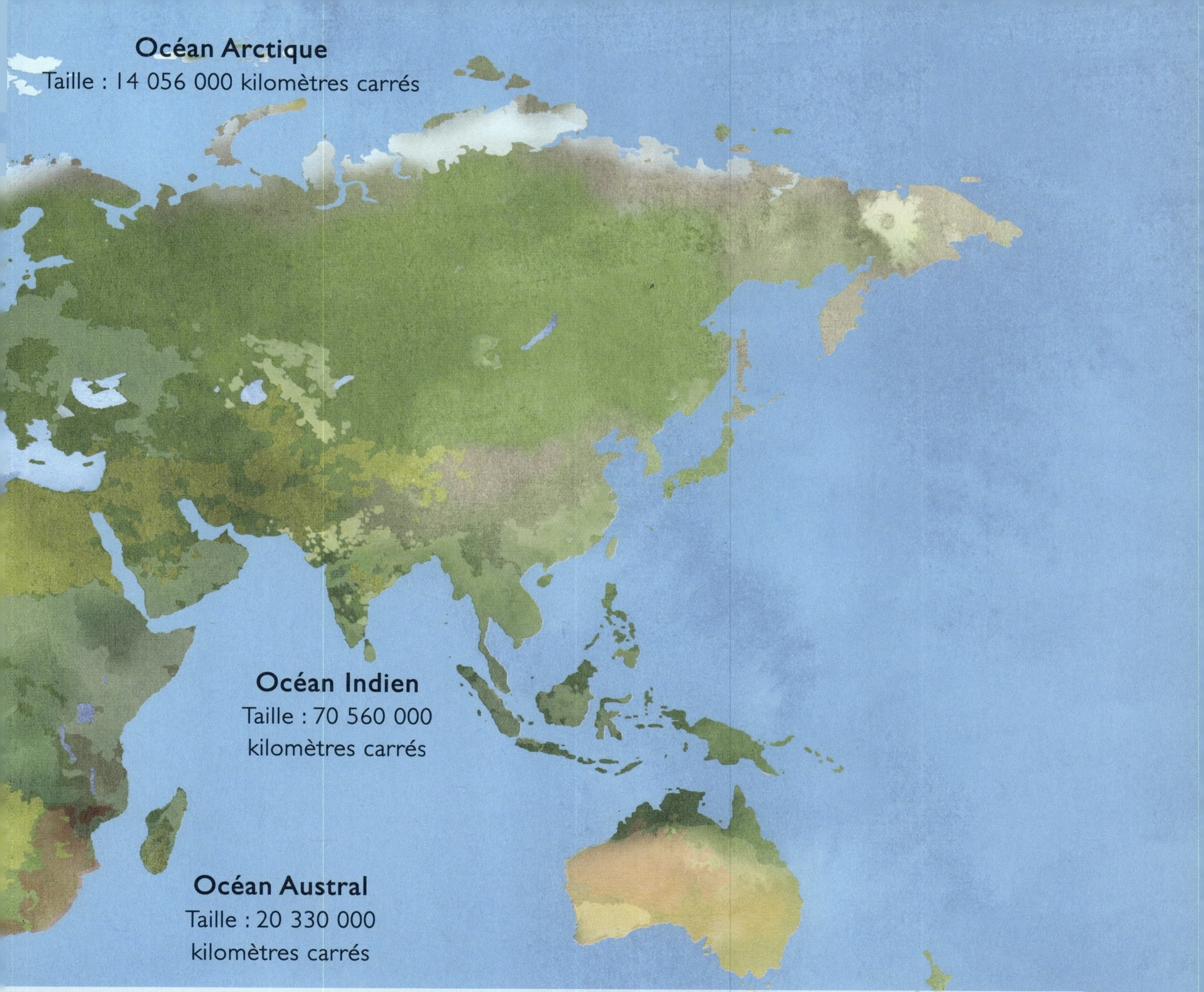

algues de l'océan ont toujours travaillé dur pour fournir de l'oxygène à la planète et absorber le carbone, mais cette tâche devient de plus en plus difficile.

Tous les êtres vivants de la planète dépendent des océans, y compris nous. Ensemble, nous devons sensibiliser le public aux problèmes des océans et protéger les créatures qui y vivent. Si nous arrêtons d'utiliser et de jeter du plastique à usage unique, nous pouvons réduire la quantité de déchets flottant dans l'océan.

Nous ne devons pas pratiquer la surpêche pour protéger la vie marine. Nous pouvons réduire le réchauffement climatique en diminuant la quantité d'énergie que nous utilisons et en optant pour des énergies renouvelables. De nombreuses personnes s'efforcent de trouver des moyens pour que nous puissions tous prendre soin de notre planète. J'espère que ce livre t'incitera à découvrir ce que tu peux faire de plus pour aider les océans, afin qu'ils restent de merveilleux paradis de vie et de beauté dont nous pouvons tous profiter.

Charlotte Guillain

Index

Pour aller plus loin

Livres

French Jess, *Secrets et mystères des océans*, Kimane, 2021

Weiss Sabrina, *L'océan et ses secrets*, Kimane, 2019

Sites Internet

Sur le site de National Geographic, tu peux découvrir d'autres informations sur les océans et les animaux qui y vivent : https://www.nationalgeographic.fr/thematique/sujet/environnement/geographie/geographie-physique/eau/oceans

Découvre la diversité de la faune et de la flore des océans et les problèmes auxquels elles sont confrontées sur le site internet du WWF : https://www.wwf.fr/champs-daction/ocean

Pour en savoir plus sur les poissons des abysses, rends-toi sur le site de National Geographic : https://www.nationalgeographic.fr/thematique/sujet/environnement/geographie/geographie-physique/eau/oceans/abysses

Sur ce même site, tu trouveras des informations sur la mangrove : https://www.nationalgeographic.fr/environnement/cette-etrange-foret-de-mangrove-serait-une-relique-dun-monde-ancien